Geneviève Guilbault

ANDARA

Catalogage avant publication de Bibliothèque et Archives nationales du Québec et Bibliothèque et Archives Canada

Guilbault, Geneviève, 1978-, auteure

Scooter Baboune / Geneviève Guilbault.

(Mini BIG)
Pour enfants de 7 ans et plus.

ISBN 978-2-89746-112-6

I. Petit, Richard, 1958-, illustrateur.
II. Tremblay, Danielle, 1961-, illustratrice.
III. Titre. IV. Collection: Les Babounes

PS8613.U494S26 2018 jC843'.6 C2018-940994-0
PS9613.U494S26 2018

Texte: **Geneviève Guilbault**
Illustration de la couverture: **Richard Petit**
Illustrations des pages intérieures: **Danielle Tremblay**
Graphisme: **Mika**

Dépôt légal : Bibliothèque et Archives nationales du Québec, 3e trimestre 2018

ISBN 978-2-89746-112-6

Imprimé au Canada

Gouvernement du Québec – Programme de crédit d'impôt pour l'édition de livres – Gestion SODEC
Andara éditeur remercie la SODEC pour l'aide accordée à son programme éditorial.

Financé par le gouvernement du Canada | Canada

info@andara.ca • www.andara.ca

FSC www.fsc.org MIXTE Papier issu de sources responsables FSC® C103567

À « La Maya à sa maman ! »
À « Edgar, le très, très gros chien »

Chapitre 1

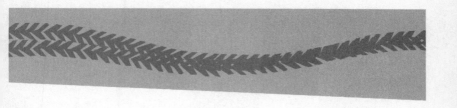

Les matinées mouvementées de la famille Yorkshire

Scottie aurait
aimé rester couchée
ce matin. Elle est
si bien, allongée
sur son coussin
moelleux, qu'elle y
passerait toute
la journée. Elle a
même **rêvé**
qu'elle léchait

un GROS OS JUTEUX cette nuit.

MIAM !

Elle en a encore l'eau aux babines !

Mais Scottie ne se prélasse pas bien longtemps. Elle est bientôt dérangée

par des sons et
de cris de panique.
Pourquoi ? Parce
que, chez la famille
Yorkshire, le même
scénario se répète
chaque matin :

1

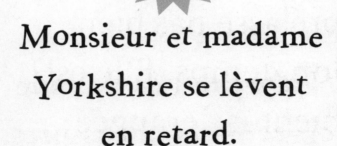

Monsieur et madame
Yorkshire se lèvent
en retard.

2

Ils réveillent leurs enfants en catastrophe.

3

Tout le monde se dépêche de manger.

4

La petite Léa-Maude cherche ses chaussures,

son grand frère Tristan
rate son autobus,
et monsieur Yorkshire
renverse du café sur
sa chemise.

OUAF !

Ce n'est vraiment pas de tout repos !

Heureusement, Livia est là pour **prendre soin** de Scottie. Elle lui sert ses croquettes et change l'eau de son bol. Puis, elle prend un moment pour la brosser. Finalement, beau temps, mauvais

temps, elle l'amène
se promener dans
la cour arrière.
Lors des journées
froides, elle lui enfile
même un manteau
et des petites bottes.

OUAF !

Scottie **DÉTESTE**
porter des vêtements !

Ces bouts de tissu
sont pour les humains,
PAS POUR LES CHIENS !
Mais Scottie fait
comme si tout cela
ne la dérangeait pas.
Elle obéit sagement
en agitant la queue.
Dans quelques
minutes, ses maîtres

quitteront la maison, ce qui signifie que Scottie sera libre d'aller où elle veut et de faire ce qu'elle veut. **PENDANT TOUTE LA JOURNÉE !**

Oh ! Oh !

Peut-être pas, finalement…

Livia finit de brosser
son chien et s'allonge
sur le canapé,
les bras croisés sur
sa poitrine. Son teint
est pâle.

— **J'ai mal au ventre, maman**, se plaint-elle
en grimaçant.

— C'est vrai que tu n'as pas l'air dans ton assiette, répond madame Yorkshire en posant une main sur le front de sa fille. Je pense même que tu as de la fièvre.

Scottie **IGNORE** ce que signifie le mot

« fièvre », mais c'est sûrement très grave, puisque madame Yorkshire ajoute :

— Je vais rester à la maison avec toi aujourd'hui. J'appelle tout de suite à l'école pour aviser ton enseignante.

QUOI ? NON !

Scottie n'en croit pas ses oreilles poilues ! Les humains ne sont pas censés passer leur temps à la maison ! Ils doivent travailler ! Ils doivent aller en classe !

COMMENT

Scottie pourra-t-elle vivre sa journée de chien, autrement ?

Sac à puces de sac à puces ! C'est la **CATASTROPHE !**

Madame Yorkshire tend une main vers son petit chien pour lui caresser le cou.

— Tu es chanceuse, ma jolie. Tu vas avoir de la compagnie aujourd'hui. N'est-ce pas merveilleux ?

Scottie regarde
sa maîtresse en
penchant la tête
un peu vers
la **GAUCHE**…
et un peu vers
la **DROITE**…
Puis, elle s'approche
pour lui lécher
le visage à grands
coups de langue.

Scottie sait bien s'y prendre avec les humains. C'est elle qui a obtenu la **MEILLEURE NOTE** lors de sa formation à **L'AGENCE BABOUNE**. Elle connaît son rôle sur le bout des griffes !

MEILLEURES NOTES

AGENCE BABOUNE

Guide du bon chien-chien

1. Le bon chien-chien est heureux d'accueillir les membres de sa famille. Il agite la queue, leur tourne autour quand ils rentrent à la maison

et grimpe sur
leurs cuisses dès
qu'ils s'assoient.

2. Le bon chien-chien
est toujours prêt à
défendre ses maîtres.
Il jappe quand
on frappe à la porte.
Il jappe quand
une voiture passe

dans la rue. Il jappe devant les étrangers. Et surtout, SURTOUT, il jappe quand le facteur arrive.

3. Le bon chien-chien fait des gaffes de temps en temps. Les humains aiment beaucoup raconter

les bêtises de
leur animal à leur
entourage. Ils trouvent
ça très divertissant.
Voici quelques idées
simples et efficaces :

grignoter des chaussettes

déchiqueter des rouleaux de papier toilette

manger
un devoir

faire pipi sur
le tapis

baver dans
les pantoufles

et renverser
les poubelles

Scottie est
DÉCOURAGÉE.
Elle n'a pas envie
de rester à la maison
toute la journée.
Elle aimerait mieux
aller voir ses amis.
Mais au lieu de cela,
elle devra se tenir
tranquille pendant

que Livia fera
la sieste. **TANT PIS.**
Elle en profitera pour
se reposer, elle aussi.

Scottie grimpe sur
le canapé et s'allonge
à côté de Livia pour
lui apporter un peu
de réconfort.

Cela l'aide
à s'endormir.
Une fois que l'enfant
dort, madame
Yorkshire se dirige
vers son bureau
pour travailler.

OH! Est-ce que
la voie est libre ?

Scottie regarde

À GAUCHE,

puis **À DROITE**,

et s'assoit pour

consulter

ses messages.

Oui, oui !

Vous avez bien lu !

Elle possède
un équipement
à la fine pointe
de la technologie.
Elle appuie
sur le petit bouton
dissimulé sur
ses lunettes et,
aussitôt, un écran
apparaît devant elle.

OUAF !

Elle a reçu des tas de messages !

Chapitre 2

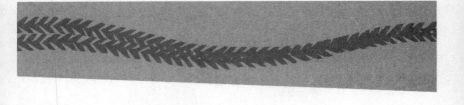

Comment s'évader d'une maison en quelques étapes

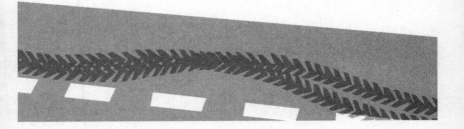

Scottie s'assure une dernière fois que personne ne la regarde et commence la lecture de ses messages.

Message n° 1

Salut, Scottie !

Aimerais-tu voir un spectacle de natation artistique ? Les poissons de la petite Océane présentent un numéro,

cet après-midi,
dans leur aquarium.
Ça coûte seulement
20 nonosses. Fais-moi
signe si ça t'intéresse,
je vais réserver
des billets.

Boule Dogue

Message n° 2

Bonjour,

Ceci est un rappel pour votre rendez-vous de demain. Caniche Royal vous attend à neuf heures précises pour un shampoing parfumé, une coupe et une mise en plis. Au plaisir !

Nettoyage Pile Poil

Message n° 3

Hé ! Comment ça va, ma jolie ? J'espère que tu n'as pas oublié notre grand tournoi de cartes.

Ça commence demain.
Notre équipe affronte
les Chats Bottés
en première ronde.
On va leur en mettre
plein la vue, à
ces chats de gouttière !
Texte-moi quand
tu as deux minutes.

Fox Terrier

Message n° 4

Bonjour,
madame Yorkshire,

Nous avons le plaisir de vous annoncer que vous avez été choisie pour occuper le poste de responsable

Bonjour madame Yorkshire,

Nous avons le plaisir de vous annoncer que vous

de la surveillance du musée. Nous vous attendons dès maintenant pour votre première journée de travail.

Attention ! Veuillez entrer par la porte réservée aux animaux.

Cette section du musée
doit ABSOLUMENT
demeurer secrète
aux humains.

Madame Huard,
directrice du musée
Le Grand Os

Scottie doit relire
le dernier message au
moins **TROIS FOIS**
pour s'assurer qu'elle
a bien compris.
**Responsable de
la surveillance ?
C'EST INCROYABLE !**
Et elle commence
aujourd'hui même ?
Merveilleux !

Elle est si contente
qu'elle tourne
sur elle-même à
plusieurs reprises,
saute dans les airs et
jappe quelques fois
pour montrer sa joie.

OUAF!

OUAF!

C'est toujours ce qu'elle fait lorsqu'elle est heureuse. Sauf que cette fois, elle doit vite se calmer,

si elle ne veut pas
réveiller Livia !
Elle jette un œil
vers la petite,
qui dort encore
à poings fermés.

PARFAIT !

Scottie doit
se rendre au musée
pour rencontrer

madame Huard.
Mais avant,
elle veut s'assurer
d'être présentable.
Elle se précipite
donc vers la porte-
fenêtre pour inspecter
son reflet.
Elle se lèche
les pattes à grands

coups de langue,
replace ses poils
hérissés et frotte
ses griffes sur
le tapis pour
les rendre plus
BRILLANTES.
Tout est réglé !
C'est le temps
d'y aller !

Sortir d'une maison peut paraître facile quand on est un humain avec deux bras et deux jambes, mais pour une petite bête comme Scottie, **C'EST TOUTE UNE AVENTURE!**

Chez les Yorkshire,
il n'y a pas
de trappe dans
la porte d'entrée.
Les fenêtres sont
toujours fermées,
et les conduits
de ventilation sont
beaucoup trop étroits
pour qu'un animal

s'y faufile sans
demeurer coincé.

Quelle est la solution, dans ce cas ? **ATTENDEZ DE VOIR !** Scottie a mis en place un système d'évasion tout à fait génial !

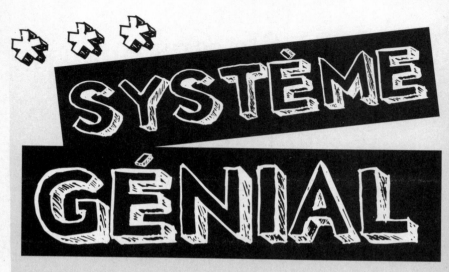

*** SYSTÈME GÉNIAL ***

1

Sauter sur le comptoir de la salle de bain.

Pour s'aider, il est
possible de grimper
sur la toilette,
mais seulement après
avoir pris soin
de baisser le couvercle.
Cela permet d'éviter
les accidents
DÉGOÛTANTS.

2

Se hisser sur le rebord
de la fenêtre
sans glisser au sol,
sans faire tomber
un seul objet et
SANS SE
BLESSER.

3

Utiliser

LE SUPER LASER TOP

pour passer à travers la vitre.

* ATTENTION !

Cette étape est très, TRÈS DANGEREUSE.

LE SUPER LASER TOP

crée des trous qui
se referment presque
instantanément.
Il faut faire vite,
sans quoi un chien
pourrait se retrouver
sans sa queue !

4

Sauter dans le bac à fleurs, bondir sur le sol, ramper sous la clôture et filer **à *toute* allure.**

Voilà comment
on s'évade
d'une maison
NI VU
NI CONNU
quand on est
un petit yorkshire
d'un kilo et demi !

Chapitre 3

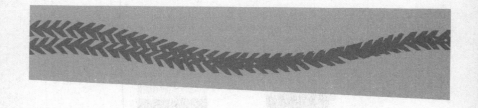

Bienvenue au musée !

Scottie est libre !

Elle se cache derrière
une grosse poubelle
pour appeler
Taxi Baboune
sans être vue.
En temps normal,
elle effectuerait
le trajet à la course,

mais elle a tellement
hâte d'arriver au
musée qu'elle préfère
y aller en voiture.
C'EST BEAUCOUP PLUS RAPIDE !

Après s'être assurée
d'être hors de
la vue des passants,

elle prononce
le code secret :
deux grands jappements,
un hurlement et
un cri aigu, suivis
d'un dernier
jappement.

OUAF!
OUAF!

AOUUUUH !

KAÏ !

OUAF !

Aussitôt le code secret terminé, un écran apparaît dans les lunettes de Scottie.

Elle dicte ses commandes d'une voix forte :

Expéditeur :
Scottie Yorkshire

Adresse :
8, avenue
des Petits-Chiens

Destinataire :

Taxi Baboune

Mission :

Conduire Scottie Yorkshire à sa première journée de travail.

Destination finale :

Musée Le Grand Os

Durée du trajet :
6 minutes

Montant de la course :
20 nonosses

Olivier le Terrier est vraiment très efficace ! Il ne lui faut que quelques minutes pour arriver

chez Scottie.
Les deux amis se saluent de leur poignée de patte habituelle et prennent la route en direction du musée.

— As-tu beaucoup de travail aujourd'hui ? demande Scottie.

– OH OUI !

fait Olivier le Terrier en s'arrêtant à un feu rouge. Gaston le Hérisson a son cours de kung-fu dans une demi-heure. Ensuite, je dois aller porter Octopus chez le vétérinaire pour

qu'on lui enlève
son plâtre. Et pour
finir, je pensais
rendre visite à
Léon le Raton.
Il ne parvient plus
à se nourrir depuis
qu'il s'est coincé
les pattes dans
une **poubelle**.

— Oh, pauvre lui, marmonne Scottie. Un raton laveur qui ne peut plus fouiller dans les déchets, c’est loin d’être drôle.

— Je vais lui apporter des restants de table, ça devrait lui faire plaisir.

Olivier le Terrier
immobilise son taxi
près de l'entrée
du musée et déclare :

— Te voilà arrivée,
mon amie. **Vingt nonosses**, s'il te plaît.

Scottie paye
la course, remercie

Olivier le Terrier
et descend de voiture.
Elle est prête
à commencer
une **merveilleuse**
aventure. Elle se
rend jusqu'à la porte
de derrière, qui
est dissimulée sous
un tas de branches,

et pénètre dans le hall réservé aux animaux. L'intérieur du musée est **MAGNIFIQUE**.

Il est immense, propre et ultra moderne. Scottie comprend pourquoi ses amis aiment tant le visiter.

Il y en a pour tous les goûts ! Il est même possible d'acheter toutes sortes de trucs :

Rats, hamsters, gerbilles et souris domestiques, venez essayer nos nouveaux

Boutique du Musée
plus rapide, plus durable, plus silencieuse
ALGUES
Collier Avaleur de Puces
Algues à saveur de fraise-chocolat-vanille

modèles de roues d'exercice. Elles sont plus rapides, plus durables et plus silencieuses.
Des heures et des heures de plaisir !

Poissons et tortues d'aquarium, dégustez nos délicieuses algues à saveur de fraises, de vanille et de chocolat. Vous vous en lécherez les écailles.

Vous êtes tannés de vous gratter à longueur de journée ? Découvrez notre sélection de colliers avaleurs de puces.

Satisfaction garantie ou nonosses remis !

Scottie est très excitée parce qu'à partir d'aujourd'hui, c'est **ELLE** qui assurera la sécurité des lieux. Elle a très hâte de commencer.

— Ah ! La voilà, ma nouvelle employée ! lance madame Huard en avançant de sa démarche bancale. Alors, est-ce que tu es prête à te mettre au travail ?

— Oh oui ! répond le petit chien avec

ENTHOUSIASME.

Dites-moi ce que
je dois faire.

Madame Huard
ouvre les ailes pour
faire signe à Scottie
de la suivre.

— On a un problème
avec la section au

deuxième étage, explique-t-elle avec sérieux.

— L'étage des **humains ?**

— Exactement, caquette la directrice d'un air grave. Ils ont décidé

de présenter
une **nouvelle**
exposition.
L'ouverture officielle
aura lieu demain.

— OK, fait Scottie
en haussant
les épaules.
En quoi c'est
un **PROBLÈME** ?

Madame Huard s'immobilise et émet un claquement de bec. Puis, elle annonce, découragée :

— C'est une exposition sur les **DINOSAURES**, ce qui veut dire qu'il y aura des œufs de dinosaures, des dents de dinosaures et des OS de dinosaures.

Sac à puces de sac à puces !

Des os de **DINOSAURES** ?

Scottie **ADORE LES OS !**

TOUS LES OS !

Elle les aime tant
qu'elle ne peut
s'empêcher de saliver
et de remuer
la queue.

— Et voilà ! C'est
EXACTEMENT
ce que je craignais !

grogne madame Huard, de mauvaise humeur. Vous, les cabots, vous aimez tellement les os que vous en devenez fous ! Je refuse qu'il manque **UN SEUL** os de squelette lors de la grande journée d'ouverture. À toi de les protéger.

— Quoi ? MOI ?

— Mais bien sûr ! Pourquoi penses-tu que je t'ai engagée ?

Tu te chargeras d'éloigner les voleurs et les gourmands.

OUAF!

Scottie n'est plus certaine d'avoir envie d'accepter ce travail. Ça semble **TRÈS DIFFICILE...**

Elle devra surveiller les lieux sans être vue par les humains.

Tout ça, **SANS** manger le moindre petit os… **Même pas un orteil de ptérodactyle !**

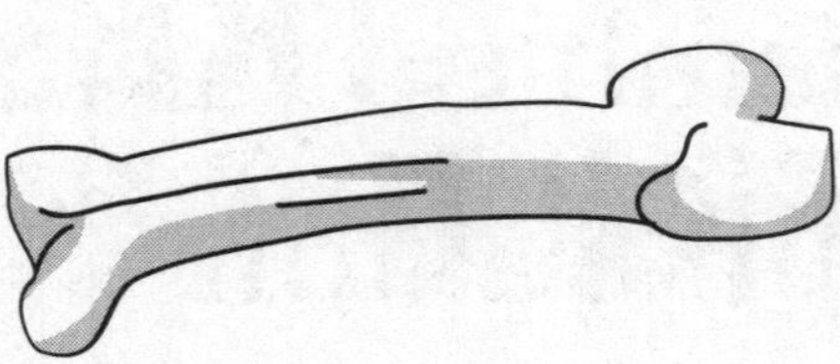

— Je comprends ton inquiétude, dit madame Huard en posant une aile sur son épaule. J'ai quelque chose pour toi. Ça devrait t'aider dans ton travail.

La directrice appuie sur un bouton

dissimulé derrière
un cadre. Quelques
secondes plus tard,
un mur secret
se déplace vers
la droite et
une minuscule pièce
s'illumine. Et là,
Scottie écarquille
les yeux de bonheur.

C'EST LA
PLUS BELLE
CHOSE
QU'ELLE AIT
VUE DE
TOUTE
SA VIE !

— Il est à toi,
si tu veux.

Chapitre 4

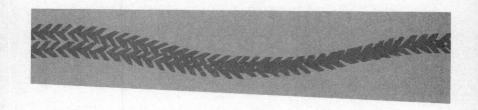

Un scooter rempli de surprises

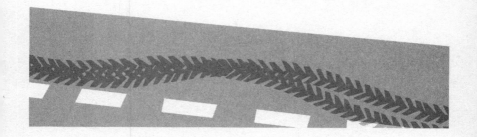

Comme chaque fois qu'elle est heureuse, Scottie tourne sur elle-même à plusieurs reprises, saute dans les airs et jappe pour montrer sa joie.

— OUAF !

Un scooter !
Je rêve d'en avoir
un depuis **Siiii LONGTEMPS !**

OUAF !

Est-ce qu'il est
vraiment pour moi ?

OUAF !

— Mais oui, lui assure madame Huard. As-tu déjà vu un gardien de sécurité sans scooter, toi ?

Scottie fait **NON** de la tête et avance vers le véhicule sur la pointe des pattes.

Elle s'assoit sur le siège, pose le casque sur sa tête, démarre le moteur et circule dans la pièce en roulant lentement.

— Je te laisse explorer les lieux, annonce la directrice

en lui donnant
un plan du musée.
Ne t'approche pas
trop des humains,
d'accord ? Ils ne
doivent surtout pas
savoir que les chiens
peuvent conduire.

— Promis !

Scottie fait vibrer le moteur un peu plus fort.

VROOOUM !

Elle soulève la roue avant.

HOP !

VROOOUM !

Et démarre
au quart de tour.

C'EST
PARTIIIII !

Le scooter roule
à vive allure !
Scottie va tellement
vite que ses poils

sont tout aplatis sur son petit corps. Elle longe un grand corridor, traverse une salle remplie de **FOSSiLES** et de météorites, et ralentit avant de pénétrer dans une pièce sombre.

— **OH !** Je dois être prudente, dit Scottie à voix basse. Je ne voudrais pas avoir un accident lors de ma première journée de travail. Je me demande s'il y a des lumières sur cet engin…

Les phares avant s'allument aussitôt, de même que les lumières du tableau de bord.

— Cool ! lâche Scottie, impressionnée. Est-ce qu'il y a

de la **musique** également ?

Encore une fois, le scooter réagit à la commande vocale. La musique s'enclenche toute seule et se répand dans la pièce.

— **J'aime vraiment cet engin!** s'exclame le petit chien. Je me demande ce qu'il peut faire d'autre…

Mais Scottie n'a pas le temps d'explorer toutes les possibilités de son scooter.

Un signal d'alerte se fait entendre.

DRiiiiiiii !

Le petit yorkshire croit d'abord qu'il s'agit de l'alarme du musée, mais un message apparaît

dans la vitre de
ses lunettes.

Code rouge !

Code rouge !

Driii Driii

Sac à puces de sac à puces!

Les codes rouges
sont réservés aux
situations d'urgence!
Le cœur de Scottie
bat très fort
dans sa poitrine.
Elle s'imagine
déjà le pire.

Reviens vite
à la maison !
Ton humaine
te cherche partout.
Elle crie ton nom
tellement fort
que tout le quartier
l'entend. J'ai essayé
de la distraire
en lui aboyant

une chanson,
mais elle croit que
tu t'es sauvée pour
toujours. Tu sais
que je ne suis pas très
doué avec les enfants,
alors GROUILLE !

Dobber Man,
patrouilleur du quartier

Oh non ! Si Dobber Man prend la peine de lui écrire, c'est que Livia est

VRAIMENT

dans tous ses états ! Scottie ne veut pas perdre son emploi, mais elle ne veut pas laisser la petite toute seule non plus.

Pas le choix, elle doit rentrer à la maison, le temps de la calmer. Elle s'assure que madame Huard n'est pas dans les parages et sort du musée à toute vitesse afin de retourner chez elle.

VROUUUM !

Musée Le Grand Os

Son scooter est
SI PUISSANT
qu'il dépasse
toutes les voitures.
Scottie double
Olivier le Terrier,
toujours à bord
de son taxi, et
emprunte l'avenue
des Félins jusqu'à
ce que…

Jusqu'à ce
qu'un bouchon
de circulation
énorme l'empêche
d'avancer davantage.
Il y a des véhicules
PARTOUT !
À GAUCHE,
À DROITE,
et surtout loin,
loin devant...

Scottie est
DÉCOURAGÉE.
Ça risque de lui
prendre des heures
pour retourner
chez elle.

Elle s'imagine
la petite Livia
en train de pleurer
et de crier son nom

parce qu'elle ne la trouve nulle part. Et cela lui est **INSUPPORTABLE!**

— J'aimerais **TELLEMENT** voler comme un oiseau en ce moment ! Je pourrais planer

au-dessus de
ces voitures et rentrer
en un rien de temps.

Aussitôt aboyé,
AUSSITÔT FAIT !
Le scooter émet
un sifflement
qui ressemble
étrangement au cri
d'un perroquet.

Puis, de longues ailes apparaissent de chaque côté de la carrosserie. Elles s'ouvrent sur un mètre de large et s'agitent de haut en bas.

– Sac à puces de sac à puces!

Je vole ! Je vole VRAIMENT ! s'écrie Scottie, les yeux écarquillés.

OUAF !

C'est incroyable !

Le petit chien prend les commandes de son scooter

et se penche vers
la gauche afin de
tourner en direction
de la maison.
La ville est
si belle,
vue de là-haut !
Les animaux
paraissent tout mini
et les voitures
ont l'air de jouets.

— **OH !** J'aperçois le lac des Reptiles au loin. Madame Croco est en train de donner son cours **d'aquaforme**.

Scottie salue madame Croco ainsi que les quelques sportifs qui l'accompagnent dans son activité :

ALLIE GATOR,
Bian-Ca Rapace
et les jumeaux
Co-Bras et
Anna-Conda.
Ils semblent bien
s'amuser, tous
les cinq.

Scottie jette
un œil sur la route

et constate que
la voie est libre.

Elle commence
sa descente et
atterrit en douceur

à quelques coins
de rue de sa maison.

Chapitre 5

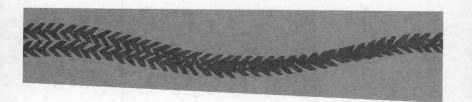

De retour chez soi, le temps d'un câlin

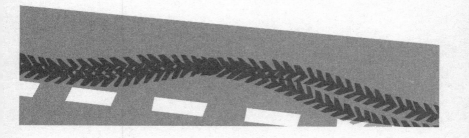

Scottie est enfin arrivée ! Elle cache son scooter derrière la remise et se précipite dans l'allée. Comment entrer dans la maison sans que sa maîtresse sache qu'elle était partie ? Elle ne peut quand même pas

sonner à la porte.
Ni passer par
la fenêtre... Son SUPER
LASER TOP
est bien trop bruyant,
madame Yorkshire
risque de l'entendre.

Hum… Scottie
se frotte le bout
du museau. Elle doit

trouver une solution, et vite !

Elle pourrait attendre que quelqu'un arrive. Une fois la porte ouverte, elle n'aurait qu'à se faufiler entre les jambes du visiteur pour entrer **NI VU NI CONNU**.

Hum... l'idée est bonne, mais ça risque de prendre toute la journée avant que quelqu'un se présente (et elle **N'A PAS** toute la journée !).

À moins qu'elle se déguise en fillette

qui vend du chocolat ? **Euh... non.** À bien y penser, c'est loin d'être une stratégie efficace. Scottie est **BEAUCOUP** plus petite et beaucoup plus poilue qu'une vendeuse de chocolat.

— Quelque chose ne va pas ? demande une grosse voix derrière son dos.

Scottie se retourne et soupire de soulagement en voyant son ami Dobber Man, le patrouilleur du quartier. **SUPER !** Il n'y a pas meilleur que lui pour résoudre les problèmes !

— Je suis censée être dans la maison, alors je ne sais pas trop comment entrer, lui explique le petit chien.

SÉCURITÉ

— Pourquoi ne vas-tu pas dans la cour arrière ?

— Dans la cour arrière ? répète Scottie. Pourquoi ?

— C’est simple, répond la grosse bête noire. Tu t’installes

près de la porte-fenêtre, tu gémis aussi fort que tu peux et tu attends qu'on vienne t'ouvrir. Tes humains vont s'imaginer qu'ils t'ont oubliée dehors. Ils vont **TELLEMENT** s'en vouloir qu'ils risquent même de te donner un biscuit.

Un biscuit ?

MIAM !

Scottie adooore les biscuits !

Le petit chien se lèche les babines en

faisant du bruit
et suit le conseil
de son ami. Il chigne,
gratte la porte avec
ses pattes de devant
et prend son air
le plus triste.
Madame Yorkshire
vient lui ouvrir
quelques minutes
plus tard, l'air soulagé.

— Scottie ! Te voilà, ma jolie ! Où étais-tu passée ? On t'a cherchée partout dans la maison ! Ne me dis pas que tu es restée dehors **TOUT** ce temps-là ! Pauvre pitchounette ! Viens, maman va

te donner un beau biscuit.

OH ! Dobber Man avait raison !

Madame Yorkshire prend la petite bête dans ses bras et l'emmène vite à l'intérieur. Elle lui offre une délicieuse gâterie et la dépose sur le canapé, près de Livia. La fillette est tellement **heureuse** de l'avoir retrouvée qu'elle la serre **FORT** contre son cœur.

— Je croyais que tu étais perdue à jamais,

murmure la petite,
les larmes aux yeux.
JE M'EXCUSE !
Je promets de ne plus
jamais te laisser toute
seule dehors.
JURÉ CRACHÉ !

Scottie accepte
les câlins, les caresses
et les bisous de Livia

sans rouspéter. Elle lui lèche ensuite le cou et les joues pour lui montrer qu'elle n'est pas fâchée. Tant qu'il y a des biscuits, Scottie est heureuse !

Mais le temps file et elle devra

bientôt retourner au musée si elle souhaite conserver son emploi. Madame Yorkshire arrive au bon moment avec une nouvelle des plus **réjouissantes** :

— Es-tu prête, Livia ? On doit y aller,

ton rendez-vous chez le docteur est dans quinze minutes.

— **Je ne veux pas laisser Scottie ici,** se plaint la petite malade en s'accrochant à son animal. Est-ce qu'on peut l'emmener ?

QUOI ? NON !

Scottie déteste aller chez le médecin ! Elle a **horreur** de ça ! La dernière fois qu'elle a rendu visite au vétérinaire, il lui a regardé les oreilles, il a examiné ses dents, et il lui a même fait une **GROSSE** piqûre ! Elle a failli perdre connaissance !

— Les animaux ne sont pas admis à la clinique, ma petite chérie, répond madame Yorkshire. Scottie va rester

sagement à la maison.
Je te promets qu'elle sera là à notre retour.
Allez, viens.

Livia fait un dernier **câlin** à son chien et suit sa mère en faisant la moue.
Une fois seule, Scottie constate

qu'elle a reçu
un message de la plus
haute importance.

!!!

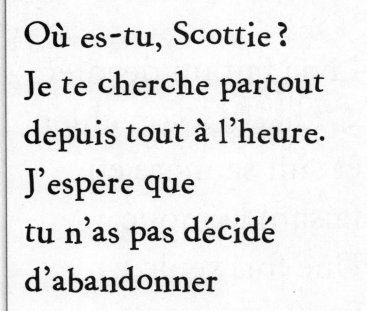

Où es-tu, Scottie ?
Je te cherche partout
depuis tout à l'heure.
J'espère que
tu n'as pas décidé
d'abandonner

!!!

ton poste. J'ai besoin de toi au musée.

Madame Huard,
directrice du musée
Le Grand Os

Oh ! Oh ! Scottie ferait mieux de se dépêcher !

Chapitre 6

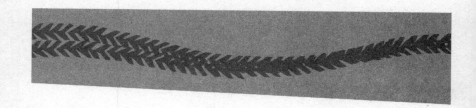

Un scooter qui n'en fait qu'à sa tête

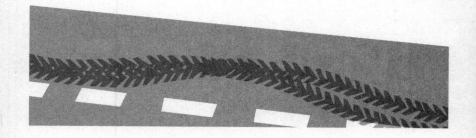

Scottie se précipite dans la salle de bain et répète les gestes qu'elle a posés plus tôt en matinée. Elle grimpe sur la toilette, se hisse sur le rebord de la fenêtre et utilise le SUPER LASER TOP pour passer à travers la vitre. Elle saute ensuite dans le bac à fleurs, bondit sur le sol, rampe sous la clôture et se faufile derrière la remise.

OUF ! Elle est un peu essoufflée ! Au moins, elle peut compter sur son scooter pour retourner rapidement au musée. Elle remet son casque, démarre le moteur et appuie sur l'accélérateur.

VROUU

C'EST PARTI !

Scottie oublie complètement la petite Livia et se concentre uniquement sur sa conduite.

UUM !

Elle pourrait rentrer par la voie des airs, mais elle adore rouler en scooter ! Ses babines se retroussent au vent, ses oreilles se plaquent sur sa tête

et son poil s'agite
dans tous les sens.
C'est une incroyable
sensation !

– ATTENTION !
aboie une voix forte.

L'engin freine
**D'UN COUP
SEC** et Scottie est

projetée vers l'avant. Heureusement, elle parvient à s'accrocher afin de ne pas tomber au sol.

FIOU !

Il s'en est fallu de peu ! Scottie a failli

ÉCRASER

Mira-Belle et son ami.
Mira-Belle est
un chien-guide.
Elle aide le petit
Yassouf à circuler
dans la ville en toute
sécurité. Si le scooter
n'avait pas réagi
à temps, Scottie
les aurait sûrement

percutés tous
les deux.

— Je suis désolée, dit Scottie d'un jappement pour s'excuser. J'ai oublié d'être prudente.

— Fais un peu plus attention,

la prochaine fois, aboie Mira-Belle. Je tiens beaucoup à mon humain.

— Il est très mignon, en tout cas. Je trouve qu'il a l'air gentil.

— **Oh oui!** Il est vraiment

adorable.

Tu sais qu'il me laisse dormir dans son lit, la nuit ? Et lorsque sa mère lui raconte une histoire, il me gratte derrière les oreilles. **J'AIME TELLEMENT** quand on me gratte derrière les oreilles !

Scottie s'approche de Yassouf pour s'assurer qu'il va bien. Elle lui donne un petit coup de museau et lui lèche une main. C'est bon. Il semble être en un seul morceau. Mais il a aussi l'air de se demander pourquoi son chien jappe ainsi.

— Qu'est-ce qu'il y a, Mira-Belle ? demande-t-il en s'accroupissant près d'elle. Est-ce que tout va bien ?

Le gros bouvier,
qui ne parle que
le langage des chiens,
se colle à son ami
pour le rassurer.
Puis, il se tourne
vers Scottie et aboie :

— Je dois y aller.
J'accompagne Yassouf
chez le dentiste

et ensuite,
je le reconduirai à l'école. On se voit demain au tournoi de cartes ? Tu as bien reçu l'invitation de Fox ?

— Oui, confirme Scottie. J'y serai sans faute.

Scottie salue son amie, prête à reprendre le chemin du musée. Elle doit se dépêcher, car madame Huard est de plus en plus **IMPATIENTE**.

!!!

Une agente de sécurité n'est pas censée être invisible, Scottie. Les gens doivent pouvoir compter sur vous en cas de besoin.

Madame Huard,
directrice du musée
Le Grand Os

Sac à puces de sac à puces !

Cette fois,
elle doit vraiment
se grouiller !
Tout en demeurant
prudente, évidemment.

— Si je le pouvais,
j'envelopperais

mon scooter
dans une **grosse**
bulle
protectrice,

marmonne le petit chien. Comme ça, je serais certaine de ne faire de mal à personne.

POUF !

La réaction
du véhicule est
instantanée.
**Un immense
ballon** apparaît
sur le devant et
se gonfle, se gonfle,

se **GONFLE...**
jusqu'à ce qu'il
protège entièrement
le scooter.

— **OHHHHH !**
s'exclame Scottie.
J'ai un peu de
difficulté à maîtriser
mon véhicule...

Je n'arrive plus
à tourner !

Mais ce que Scottie ne sait pas, c'est que le pilote automatique s'est enclenché tout seul. **ELLE N'A PLUS AUCUN CONTRÔLE !**

Oh ! Oh !

Où la motocyclette emmène-t-elle Scottie ? Elle doit absolument rentrer au musée. Elle n'a pas le temps de s'amuser ! Mais encore une fois, le scooter prend ses propres décisions.

Scottie n'est pas
certaine d'aimer ça...
pas certaine du tout !
Même qu'elle a
un peu mal au cœur
à force d'être secouée
dans tous les sens.
La tête en haut,
la tête en bas...
Ce n'est vraiment pas
pour elle, toute cette

agitation. Elle préfère rouler, pas flotter !

— Tu peux ranger ta bulle, maintenant, dit-elle sur un ton autoritaire.

La bulle se dégonfle
tout doucement
et Scottie peut
à nouveau diriger
son véhicule.

PARFAIT !

Elle va enfin pouvoir
retourner travailler !

Mais le petit chien
n'est pas au bout

de ses peines. Pour se rendre au musée, il doit longer l'avenue des Gerbilles, tourner à droite dans la rue des Souris-Blanches, prendre le chemin des Chinchillas et continuer jusqu'au boulevard des Rats-Gris-à-Longues-Dents. Le **PROBLÈME**, c'est que le chemin des Chinchillas est fermé à la circulation.

Scottie avait **complètement oublié** que le cirque était en ville !

Il y a des petites tentes MULTICOLORES d'un bout à l'autre de la rue.

☆ Des acrobates font des pirouettes.

☆ Des cracheurs de feu impressionnent les spectateurs.

☆ Des clowns amusent les enfants avec des ballons de toutes les formes et de toutes les couleurs.

☆ Des animaux savants présentent des numéros.

Scottie aimerait bien s'arrêter un moment pour saluer ses amis. Mais Jumbo l'éléphant, Balourd l'ours brun et Tigra la tigresse semblent bien occupés. Ils en ont pour des heures à danser

au son de la musique,
à sauter dans
des anneaux en feu
et à marcher sur
des fils de fer.

Scottie se demande
COMMENT
ils parviennent
à faire tout ça.

Ses amis sont
VRAIMENT
talentueux. Oh !
Voilà un autre
message qui vient
d'arriver !

!!!

On a un problème,
Scottie ! UN GROS
PROBLÈME !
Rejoins-moi

!!!

dans mon bureau
IMMÉDIATEMENT.

Madame Huard,
directrice du musée
Le Grand Os

Oh ! Oh !

Quel peut bien être
ce fameux problème ?

Scottie doit réagir, et vite ! Mais elle est coincée, la rue est bloquée… Elle doit trouver un raccourci.

— Scooter, indique-moi le chemin le plus

RAPIDE

pour aller au musée,
s'il te plaît.

Le scooter **vrombit**
un petit coup et fait
aussitôt demi-tour.

Chapitre 7

Il y a le FEU !

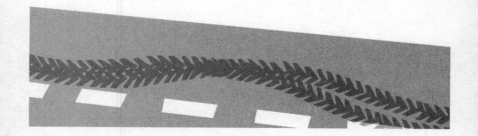

Scottie se laisse guider par son véhicule. Elle est **TROP** inquiète pour se concentrer sur la route. Quel peut bien être le **GROS PROBLÈME** de madame Huard ?

Y aurait-il un blessé au musée ? Un vol ?

PIRE ENCORE :

la visite d'une école canine, avec ses dizaines de petits chiots qui bavent et posent leurs pattes sur tout ce qu'ils voient ?

Le petit café

Ouf ! Scottie n'a pas vraiment envie de gérer ça ! Elle aimerait encore mieux éteindre un feu !

PIN-PON !

PIN-PON !

PIN-PON !

— Attendez…, marmonne-t-elle en tendant l'oreille. Je faisais une blague, moi ! **Je ne veux pas éteindre un feu pour vrai!**

PIN-PON !

PIN-PON !

PIN-PON !

— **Sac à puces de sac à puces!**
Les pompiers arrivent!

Ouf, Scottie est **bien nerveuse**, tout à coup. Elle espère de tout cœur que le musée n'est pas en train de brûler. Elle renifle un petit coup...

SNIF ! SNIF !

... et comprend
que la fumée
vient d'ailleurs.
Elle emprunte
la route à sa gauche
et finit par trouver
le lieu enflammé.

Il s'agit d'une remise, au fond d'un jardin. Si elle était **BRAVE**, Scottie se précipiterait à l'intérieur pour s'assurer qu'il n'y a personne, mais ses minuscules pattes tremblent tellement qu'elle n'arrive pas à bouger. Elle a toujours eu **très peur** du feu.

– **À L'AIDE ! JE SUIS COINCÉ !** hurle quelqu'un au loin.

Oh ! Il y a bel et bien quelqu'un

d'emprisonné
à l'intérieur
de la cabane.
Si Scottie n'agit pas
maintenant, cette
personne risque de
BRÛLER!
Le petit chien prend
son courage à
deux pattes et fait

PIN PON
PIN PON
PIN PON

un pas en direction des cris. Mais au même moment, le camion des pompiers apparaît au bout de la rue.

FIOU !

Il arrive juste au bon moment ! Scottie n'aura pas à se lancer

dans un bâtiment
en flammes !
Le véhicule
s'immobilise et
le chef des pompiers
en descend pour
donner ses ordres.

– **POUSSEZ-VOUS !**
crie-t-il aux curieux.

Laissez-nous
travailler, je vous prie !

Pendant que
les hommes en
combinaison
s'activent à dérouler
leurs tuyaux, Damien
le Dalmatien bondit
hors du gros camion
rouge. Oh !

Scottie est heureuse de voir son ami ! C'est le champion du sauvetage !

Le chef des pompiers siffle un petit coup et Damien le Dalmatien court en direction de la remise. Il frappe la porte de bois

de toutes ses forces
avec ses pattes
de devant.

WOW !

C'est vraiment
très impressionnant
de le voir s'exécuter !
Scottie l'observe
en silence, la langue

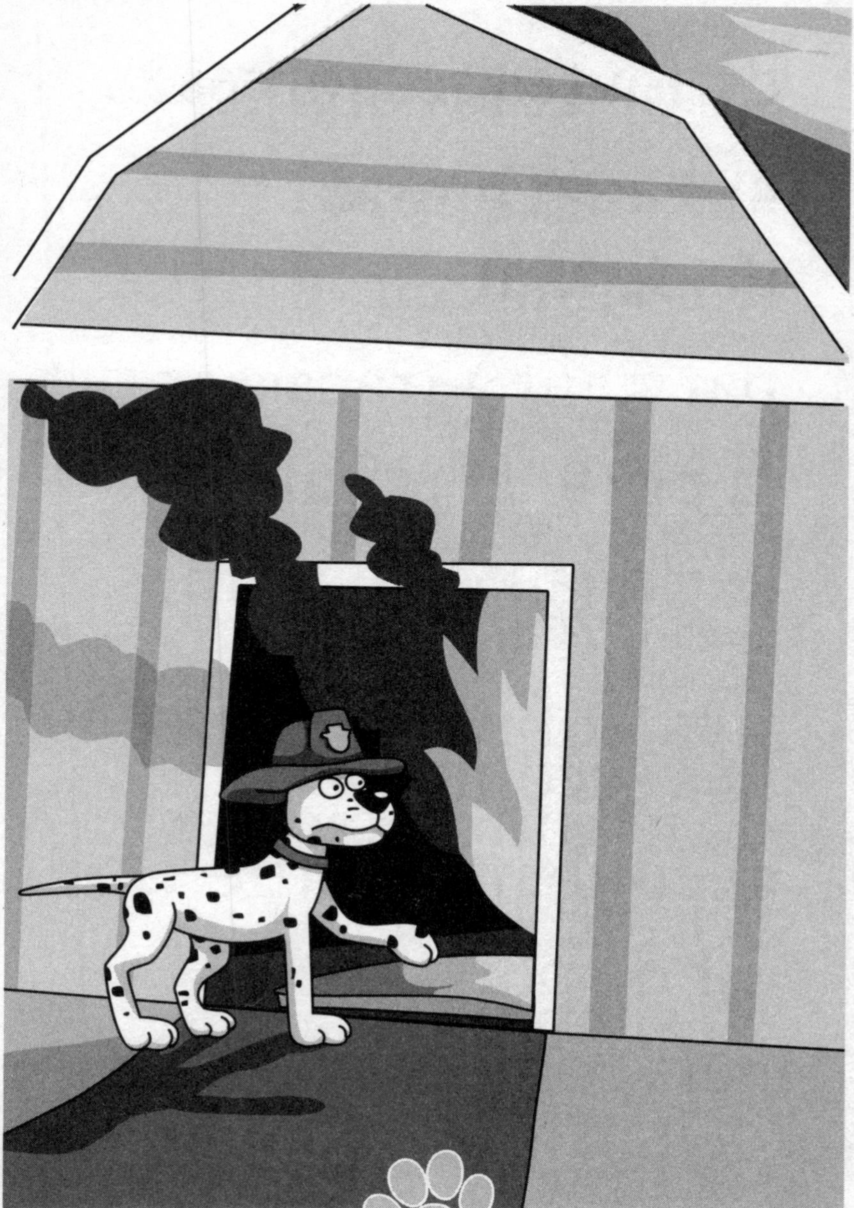

sortie et les oreilles basses. Damien le Dalmatien parvient à fracasser la porte et à franchir le rideau de flammes.

Les secondes s'écoulent. Scottie est de plus en plus nerveuse. Elle a hâte que son ami sorte de cette cabane en feu. Il y a tellement de fumée que le dalmatien a sûrement du mal à respirer.

— OUAF !

Qu'est-ce qu'il fait ? marmonne

le petit chien avec inquiétude. Il va brûler, si ça continue.

Les flammes s'élèvent de plus en plus haut dans les airs. Heureusement, les pompiers sont prêts à les éteindre.

Ils tiennent fermement leurs tuyaux et font jaillir de grands jets d'eau.

Quelques secondes plus tard, Damien le Dalmatien sort du brasier avec un homme à ses côtés.

— **BRAVO !** s'écrie Scottie. Tu as réussi ! Tu es le meilleur !

Damien lève la tête
vers son amie et lui
fait un clin d'œil
victorieux. Scottie est
vraiment fière
de lui ! Elle appuie
sur le bouton de
ses lunettes,
un grand sourire
aux babines, et lit

le message qu'on vient de lui envoyer.

!!!

Là, ça suffit ! Si tu n'es pas dans mon bureau dans MOINS DE CINQ MINUTES, tu perds ton emploi !

Madame Huard,
directrice du musée
Le Grand Os

Sac à puces de sac à puces !

Scottie avait presque oublié madame Huard !

— **Si SEULEMENT** je pouvais me **téléporter** jusqu'au musée,

marmonne-t-elle
en démarrant
le moteur. Je serais
déjà arrivée !

POUF !

Aussitôt dit,
aussitôt fait !

Chapitre 8

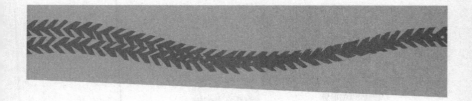

Comment reconnaître un voleur de squelette ?

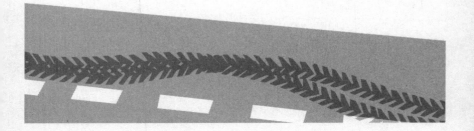

Scottie n'en croit pas ses yeux ! Elle est derrière le musée ! Il n'y a pas à dire, son scooter est vraiment rempli de **SURPRISES !** Si elle avait su qu'elle pouvait se déplacer si rapidement, elle serait revenue

depuis longtemps.
Elle entre et se faufile
parmi les visiteurs
en klaxonnant.

BiP !
Bi-Bi-Bi-
BiiiiP !

— Laissez passer ! Je suis la responsable de la sécurité.

LAISSEZ PASSER !

Scottie emprunte le grand couloir, traverse la première salle d'exposition, contourne un groupe de caniches et entre ENFIN dans le bureau de la directrice.

— COUAC ! Te voilà ! s'écrie cette dernière en caquetant bien fort.

Où étais-tu passée ? Ah, puis laisse faire ; je ne veux pas le savoir. Comme je te l'ai écrit dans mon message, on a un **GROS PROBLÈME !**

Madame Huard fait signe à Scottie de s'asseoir. Le petit chien enlève son casque, stationne son scooter et s'installe sur la chaise placée devant le bureau.

— On a volé un squelette,

annonce la directrice d'un ton grave.

— QUOI ?

— Tu as bien entendu. Un voleur s'est introduit dans la nouvelle salle d'exposition.

Il s'est emparé d'un squelette de dinosaure et il est reparti, **NI VU NI CONNU**.

Scottie s'en veut. Si elle n'était pas retournée à sa maison pour

réconforter Livia,
RIEN de tout cela
ne serait arrivé.
Elle aurait patrouillé
dans les corridors
du musée et
PERSONNE
n'aurait osé
voler quoi
que ce soit.

— Je vais le retrouver, votre bandit ! aboie Scottie d'un ton décidé.

— Toi ? fait madame Huard en croisant ses ailes. **Comment** comptes-tu t'y prendre ?

— Je ne sais pas encore. Mais je promets de faire

TOUT

ce que je peux pour vous rapporter ces fameux ossements.

La directrice penche son long cou vers

la droite et s'empare d'une feuille posée sur son bureau.

— Voici une PHOTO du squelette de dinosaure en question, dit-elle en la donnant à son employée. Et j'ai aussi une liste

de suspects.
Tu aimerais la voir ?

— Oui, bien sûr !
Scottie tend la patte et pose les yeux sur les différents noms qui y sont inscrits.

Madame Croco

Allie Gator

OLIVIER LE TERRIER

Mira-Belle

Damien le Dalmatien

GASTON LE HÉRISSON

Grégor Legrand Gorille

MINI LE FURET

Tigra

Octopus

LÉON LE RATON

— Hum… Elle est **VRAIMENT LONGUE**, cette liste, remarque Scottie en fronçant les sourcils. Pourquoi ces animaux sont-ils suspects ? Que leur reprochez-vous, au juste ?

Madame Huard pointe une plume vers les premiers noms et déclare :

— Madame Croco et Allie Gator se nourrissent **ESSENTiELLEMENT** d'os de poulet depuis qu'elles sont toutes petites, alors je me suis dit qu'un squelette de dinosaure pourrait les intéresser.

La directrice désigne les noms suivants et poursuit ses explications :

— Damien le Dalmatien, Mira-Belle et Olivier le Terrier sont tous des chiens. **ET TOUT LE MONDE** sait que les chiens aiment les os.

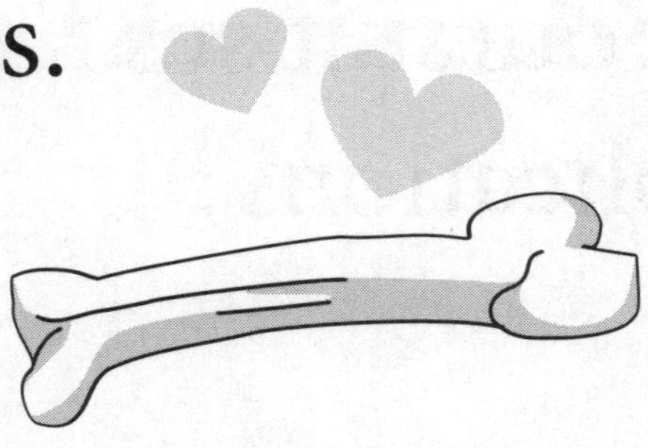

Madame Huard continue à caqueter ainsi jusqu'à la fin de la liste. Scottie l'écoute sans bouger, les oreilles hautes, les moustaches aux aguets. Puis, elle déclare d'un ton convaincu :

— Arrêtez de chercher. Je l'ai trouvé, votre coupable. C'est **GRÉGOR LEGRAND GORILLE!**

— Comment le sais-tu ? demande

la directrice, dont la voix trahit le doute. Tu travailles ici depuis seulement quelques heures.

— Peut-être, mais j'ai un **EXCELLENT** sens de l'observation. Je me suis promenée en scooter tout

à l'heure et j'ai vu
PLEIN DE CHOSES
intéressantes.

Scottie explique
ce qu'elle a remarqué :

— Madame Croco et
Allie Gator ont passé
la matinée au cours
d'aquaforme, alors

c'est sûr

que ce n'est pas elles.
Olivier le Terrier a
conduit son taxi
d'un bout à l'autre
de la ville sans même
faire une pause.
Damien le Dalmatien
était occupé à sauver
un humain

d'une remise en flammes. Léon le Raton est blessé aux pattes. Tigra travaille au cirque. Mira-Belle passe la journée avec le petit Yassouf. Gaston le Hérisson est à son cours

de kung-fu,
et Octopus a
un tentacule dans
le plâtre. Quant
à Mini le Furet,
il est bien trop
mini pour voler
un squelette en entier.
Et de toute façon, je
ne vois pas vraiment
ce qu'il en ferait,

puisqu'il ne
se nourrit que
de croquettes et
de fruits frais.
Ce qui veut dire…

—… qu'il ne reste que
Grégor Legrand Gorille,

fait madame Huard, impressionnée.

C'EST LOGIQUE, marmonne-t-elle en claquant du bec.

Elle ouvre une aile et appuie sur un des boutons de sa montre.

— Shérif Horse,
ici madame Huard.
Vous êtes là ?

La montre grésille
un moment et
une voix caverneuse
se fait entendre :

— Ici Shérif
Horse.

Je vous reçois cinq sur cinq.

— Nous avons trouvé le voleur. Il s'agit de **Grégor Legrand Gorille**. Je répète : **Grégor Legrand Gorille** est celui qu'on cherche.

— En êtes-vous certaine ?

— **AFFIRMATIF !** Ma nouvelle employée a du flair. On peut lui faire confiance.

— Bien reçu ! J'envoie une équipe

chez lui

sur-le-champ.

Nous allons

l'emmener au poste

pour l'interroger.

MERCI

BEAUCOUP !

BEAU

TRAVAIL !

Madame Huard met fin à la communication et se tourne vers Scottie. Elle la regarde d'un air sévère et caquette :

— J'espère que tu as raison, ma petite. Sinon, il ne te restera

plus qu'à te trouver
un nouvel emploi.

OH!
OH!

Chapitre 9

Une incroyable récompense

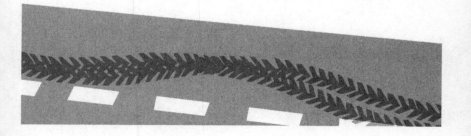

Scottie avale difficilement sa salive. Elle ne veut **PAS** perdre son travail. Surtout pas la première journée !

— Bon, je suis **affamée**, moi, caquette

madame Huard. Allons prendre une bouchée en attendant que l'intervention des policiers se termine.

Manger ?

Oui, bonne idée ! Scottie n'avait pas

remarqué que
son estomac avait
commencé à crier
famine.

— D'accord, répond-elle en suivant
la directrice.
J'ai **TELLEMENT**
faim que je pourrais

avaler un squelette
de dinosaure au
grand complet !

Oups !

Mauvais exemple !
Madame Huard étire
le cou et observe
son employée
d'un air sévère.

— Attendez…
ce n’est pas ce que je voulais dire, se reprend Scottie, mal à l’aise. Je… Vous… Ne vous imaginez pas que…

– ALLEZ, SUIS-MOI.

La directrice se lève et entraîne Scottie jusqu'à la cafétéria. Dans la section réservée aux humains, on sert quelques plats bien **ordinaires**, comme de la soupe aux légumes,

soupe et hamburger 5 $

des hamburgers,
des frites et
des sandwichs.
Mais du côté
des animaux,
le menu est bien
DIFFÉRENT.

Des croquettes et
de la moulée ?
Bien sûr que **NON** !

Les chats ont droit à du poisson cru et à de la volaille fraîche. Les chiens se voient proposer un buffet d'os, de steak et de saucisses à volonté. Les oiseaux, quant à eux, ont le choix parmi un éventail

complet de grains
de première qualité.
C'est le paradis des animaux !

Scottie en a l'eau aux babines. Elle se sert une assiette et s'assoit à une table en compagnie de

madame Huard.
Elle s'apprête à lécher son premier os à grands coups de langue, quand la montre de sa patronne émet un petit **BIP**.

BIPOUPILIDOU !

— Madame Huard, vous me recevez ?

— Cinq sur cinq, Shérif Horse. Je vous croyais en **PLEINE OPÉRATION**. Est-ce que tout va bien ?

SHÉRIF

— Absolument !
C'est un **SUCCÈS**
sur toute la ligne !
Nous avons trouvé
le squelette
de dinosaure dans
la garde-robe de
Grégor.
Il l'avait caché
sous un tas de
bananes bien mûres.

C'est notre COUPABLE !

On l'emmène immédiatement derrière les barreaux. Ce cher gorille va passer les prochaines années en prison, je peux vous l'assurer !

— Mais c'est une **EXCELLENTE NOUVELLE !** fait madame Huard en cancanant avec enthousiasme. Je vous félicite !

— Le mérite revient surtout à votre employée, en fait !

Elle a résolu cette enquête en un **TEMPS RECORD !** Elle est très impressionnante.

Scottie sourit à belles dents. Elle est **très fière** de ce qu'elle a accompli.

— J'aimerais lui offrir une place au sein de mon équipe, ajoute Shérif Horse. Pensez-vous que ça pourrait l'intéresser ?

— C'est tout un honneur que vous lui faites, affirme madame Huard.

J'avoue que ça
me déçoit de perdre
une si bonne
employée, mais
je pense qu'elle sera
TRÈS UTiLE en
tant que policière.

La directrice
se tourne vers

le petit chien et
lui demande :

— Qu'est-ce que
tu en dis, Scottie ?

Scottie n'en croit pas
ses oreilles poilues !

ELLE ?

Travailler avec
la police ?

WOW !

C'EST UNE INCROYABLE CHANCE !

— Ça m'intéresse ! répond-elle aussitôt.

— **Merveilleux !**
s'exclame Shérif Horse
en hennissant.
Je vous attends
au poste lundi matin
à la première heure.

— OK. Euh…
j'aurais une
condition,
par contre…

Scottie est un peu
mal à l'aise d'imposer
ses exigences,
mais elle se dit que
ça vaut la peine
de tenter sa chance.

— Une condition ?
QUELLE CONDITION ?
demande le chef
de la police.

— J'aimerais pouvoir garder mon scooter, si c'est possible.

IL EST TROP GÉNIAL !

C'est lui qui m'a permis de résoudre cette enquête. Si j'avais couru au lieu de rouler, je n'aurais pas récolté tous ces indices et **Grégor** serait libre comme l'air.

— Je n'y vois pas d'inconvénient, mentionne Shérif Horse. Qu'en pensez-vous, Madame la Directrice ?

Madame Huard hausse les sourcils et prend le temps de réfléchir.

— Ça me va, déclare-t-elle enfin. Ce sera sa récompense pour avoir résolu le mystère du squelette **SI RAPIDEMENT**.

Scottie est tellement contente qu'elle tourne sur elle-même à plusieurs reprises, saute dans les airs et jappe quelques fois pour montrer sa joie.

OUAF !

OUAF! OUAF!

Puis, elle lâche le plus grand, le plus fort et le plus long hurlement **JAMAIS ENTENDU**.

AHOUUUUUUU
UUUUUUU
UUUUUUU
UUUUUUU
UUUUUUU
UUUUUU!

Tout est bien
qui finit chien.

Oups !

Qui finit bien !

GLOSSAIRE

À la fine pointe de la technologie :
à l'avant-garde, nouveau

Au quart de tour :
à l'instant, rapidement

Bancal :
qui branle, qui boite

Cabot :
chien

Cancaner :
pousser un cri
de canard

Caqueter :
son que produisent
les animaux à bec

Commande vocale :
ordre donné avec la voix

Dicter :
commander, dire à voix haute

Dissimulé :
caché

Divertissant :
amusant, drôle

Évasion :
fuite, échappée

Fièvre :
température élevée du corps

Fossiles :
empreintes laissées par un animal

Fracasser :
briser en plusieurs morceaux

Franchir :
traverser

Hérissé :
dressé

Maîtriser :
contrôler

Météorite :
objet de l'espace qui percute une planète

Mise en plis :
coiffure

Moelleux :
mou et doux au toucher

Réconfort :
apaisement, consolation

S'accroupir :
se pencher

Savant :
brillant, intelligent

Se faufiler :
se glisser

Se hisser :
monter, s'élever

Se prélasser :
se reposer

Vrombir :
produire un son fort

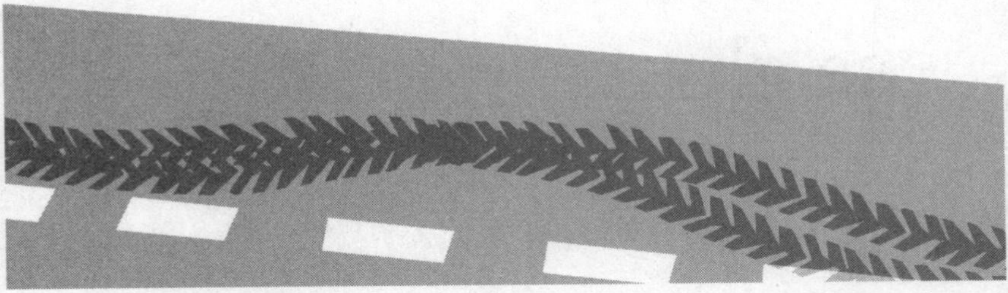